어느새 너는 골목을 닮아간다

고양이는 고양이다
2

어느새 너는 골목을 닮아간다

글·사진 김하연 손글씨 김초은

고양이는 고양이다 2

이상

길고양이가 있는 거리의 풍경,
당연해질 수는 없나요?

내가 처음 찰카기님을 알게 된 시기는 고양이란 존재가 나의 삶 속에서 특별해
진, 그러니까 내 첫째 고양이를 맞이한 때와 비슷하다. 길에서 들인 첫째 고양
이로 인해 자연스레 생긴 길고양이에 대한 관심은 나를 어느 날부터 사료 그릇
을 들고 골목을 쏘다니게 했다. 그 시절부터 찰카기님의 사진을 보며 내가 길
에서 만나고 있는 고양이들과 접점을 찾으며 소통했던 것이다.

도심의 새벽, 길에서 마주치는 길고양이의 삶을 기록하고 있다는 작가님의 사
진은 이런저런 사연을 가진 수많은 길고양이들을 접하며 겪던 나의 서러움과
서글픔을 조금은 덜어주었다. 기억 창고 한 쪽에 넣어두고 있던 내 길고양이의
모습들이 찰카기님의 기록 속에 엇비슷하게 담겨 있어서 어떨 때는 아련하게
다가오고, 어떨 때는 애간장이 끊어지는 고통을 준다. 그의 사진을 보면서 길

고양이를 향한 같은 마음을 느끼며 위로를 받았다고나 할까?

렌즈를 통해 길고양이를 보여주는 찰카기님의 오랜 작업이 다시 책으로 엮인 다니 반갑고 감사한 마음이다. 날 시선으로 보는 길고양이의 모습은 고양이에 대한 경험이 없는 사람들에게는 지저분하거나 두렵게 여겨질 수도 있다. 하지 만 작가의 따뜻한 시선이라는 렌즈로 걸러진 사진은 길고양이의 매력을 발산 하고 사람들이 지나치기 쉬운 그들의 고단한 삶을 비춤으로써 공존이라는 단 어를 생각하게 할 것이다.

나는 찰카기님의 사진을 통해서 길고양이들의 삶이 좀 더 많은 사람들에게 알 려지길 바란다. 그래서 길고양이의 존재가 그냥⋯ 덤덤하게⋯ 사람들이 사는 곳이면 곁에 있는 것이 당연시 되는 그런 동네가 되었으면 좋겠다. 동네 편의점 앞 파라솔의 빈 의자 위에 길고양이도 올라 앉아 낮잠을 즐겨도 이상하지 않은 동네. 음식점에 딸린 양지바른 테라스 위에서 서너 마리 엉켜서 볕을 쬐어도 아무렇지 않게 지나칠 수 있는 그런 동네가 되었으면 좋겠다.

찰카기님의 사진이 사람들의 마음을 녹이고 움직여서 길고양이가 있는 거리의 풍경이 당연하게 받아들여지길 바란다. 길고양이를 좋아하면 어떻고 싫어하면 어쩔 것인가? 길고양이도 그저 거기서 살아가는 한 존재인 것을.

— **서주연**(고양시캣맘협의회/고양시명랑고양이협동조합 이사장)

:: 차례 ::

1

봄

해의 네 철 가운데 첫째 철.
겨울과 여름 사이이며,
달로는 3~5월, 절기節氣로는 입춘부터 입하 전까지를 이른다

한결 부드러워진 바람에 따뜻하다 못해 포근한 봄볕까지.

길고양이에게 이만한 계절도 없다.

늦은 겨울 짝짓기로 꽃이 피기 전에 새끼들이 태어나고

개나리와 진달래가 피었다가 지고 라일락꽃 향기에 취한 철쭉이

덩달아 붉게 필 무렵이면 제법 살이 오른 '아깽이'들이

엄마 뒤를 따라 뛰어 다닌다.

운이 좋다면 바짝 마른 나무에 피어 있는 고양이를 볼 수 있고,

한껏 느긋하게 누워서 아낌없이 쏟아지는 햇볕을

이불 삼아 잠든 고양이도 볼 수 있을 것이다.

배가 고프지만 않다면 지칠 때까지 잘 수 있고 지겨울 때까지

놀 수 있는 봄은 길고양이에게 축복이다.

아주 잠깐이지만.

잎보다
먼저 나왔구나
꽃보다 먼저
피었구나
어쩌면

니가
봄이구나

잎보다 먼저 나왔구나 / 꽃보다 먼저 피었구나 / 어쩌면 니가 봄이구나

어깨를 내주고 체온을 나눈다
따로 태어나 한 몸처럼 산다

엄마는
떠나는
그날까지
아이들을
지키고
아이는
엄마가
사라지는날까지
의지한다

엄마는 떠나는 그날까지 아이들을 지키고 / 아이는 엄마가 사라지는 날까지 의지한다

꽃그늘에서
눈을 감으면
고단한
널
꽃이
품는다

새끼를 살려야 하는
어미가
당당하지 않을
이유가 없다

피해도 안되고
피할 수도 없는
싸움

안했으면 하지만
어쩔 수 없는
다툼

입에 물었다고 내 것은 아니다

코 끝에
봄이 대롱대롱거리면
눈은 감겼어도
귀는 열려있고
누웠어도
수염은
혼자 깨어있어

절룩거리는 아이걸음에
어미마음은
휘청거린다

절룩거리는 아이 걸음에 어미 마음은 휘청거린다

너의 고단함을 담기엔
너는 너무
조그맣구나

너의 고단함을 담기엔 니 눈은 너무 조그맣구나

배고픔은
앞발로누르고
눈으로허기를
채운다

넌

아직모르겠지만

이땅은
네게
관대하지않아

미안해

넌 아직 모르겠지만 이 땅은 네게 관대하지 않아 미안해

누가 있거나 말거나 꼬리는 하늘을 찌른다

누가 있거나 말거나 꼬리는 하늘을 찌른다

봄

38

하나가 있건 없건
걷는 것은 매한가지
셋밖에 없다지만
사는건 마찬가지
세월은
헐거운 다리 사이로
흘려보냈다

하나가 있건 없건 걷는 것은 매한가지 / 셋 밖에 없다지만 사는 것은 마찬가지
세월은 헐거운 다리 사이로 흘려보냈다

꽃이 떨어지고 나서야
꽃이 있음을

알았다

꽃이 떨어지고 나서야 꽃이 있음을 알았다

만지지마세요

하루 스무시간은
졸다가 자고
서너시간
배를 채우러
다니며
틈틈이 멍하니
어딘가를
보네

하루 스무시간은 졸다가 자고 / 서너시간 배를 채우러 다니며 / 틈틈이 멍하니 어딘가를 보네

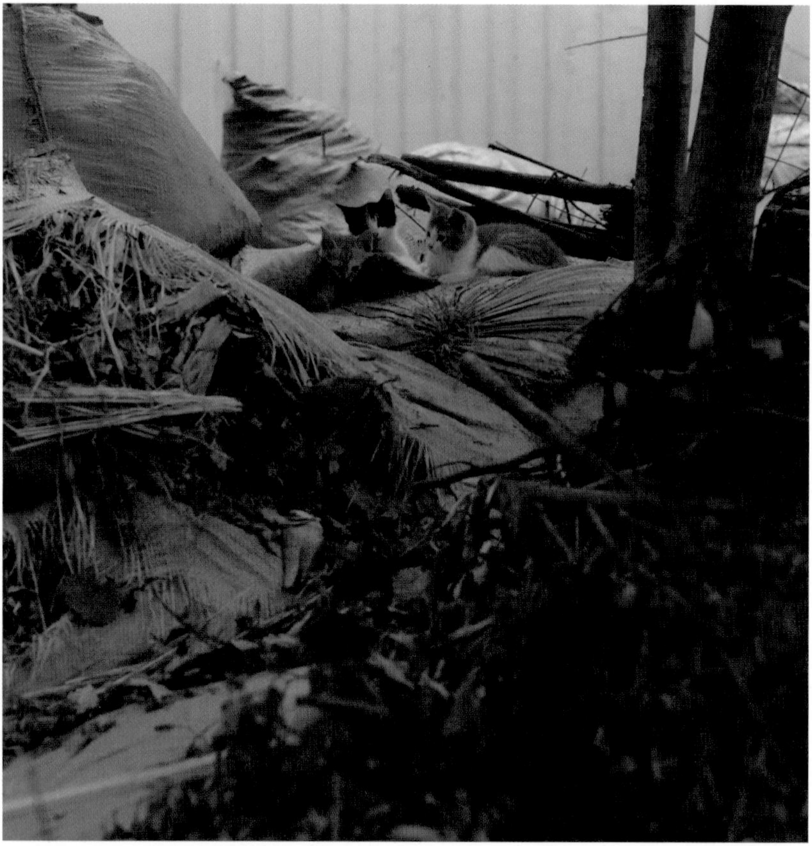

산처럼 누워 섬처럼 산다

소리없이 빛을 쫓는다 / 그렇게 하루를 걷는다

네게 뿌리가
있어서
그자리에
오래
피었으면
좋겠다

네게 뿌리가 있어서 그 자리에 오래 피었으면 좋겠다

넌

땅위에
살짝
앉아

지지않는
꽃이구나

엄마에게
독립은
이별의 다른 말이고
아이에게
독립은
외로움의 시작이다

엄마에게 독립은 이별의 다른 말이고 아이에게 독립은 외로움의 시작이다

허기를 채우진 못했어도
허기를 채워주려
돌아온다

꽃 떨어지는 소리 들으며
떠나는 봄을
바라본다

꽃 떨어지는 소리 들으며 떠나는 봄을 바라본다

혹시

친구

필요하지
않으세요?

2

여름

한 해의 네 철 가운데 둘째 철.
봄과 가을 사이이며,
낮이 길고 더운 계절이다. 달로는 6~8월,
절기節氣로는 입하부터 입추 전까지를 이른다.

여름 골목은 덥다 못해 뜨거운 공기로 가득 차 있다.
만나는 아이들마다 껌처럼 땅바닥에 누워 있다. 아니 쓰러져 있다.
조금이라도 시원한 곳을 찾아 자동차에 올라가 누워 있기도 한다.
차 위에서 한결 느긋한 표정으로 눈감고 있는 것이 좋아 보이지만
보는 마음은 조마조마하다.
밤낮이 없는 더위에 고양이 식빵 자세는 골목에서 사라졌다.
더위에 지쳐 쓰러져 있는 길고양이들에게
여름이 얼마 남지 않았다는 거짓말은 하고 싶지 않다.
어차피 여름은 여름만큼 있다가 간다.
우리가 할 수 있는 일은 해도 해도 티 안 나는 걱정과
약간의 먹을거리를 주는 것 뿐이다.
털 밖에 없는 길고양이에게 여름은 겨울만큼이나 혹독하다.

그래도
괜찮다
혼자면
어떠냐

엄마가 떠난 후
허기만 친구처럼
찾아오지만
배운대로
찾아봐도
친구와 헤어지기가
어렵다

엄마가 떠난 후 허기만 친구처럼 찾아오지만 / 배운 대로 찾아봐도 친구와 헤어지기가 어렵다

박스안에만 있어도
참좋은 시절을
건너고 있다

박스 안에만 있어도 참 좋은 시절을 건너고 있다

다가갈수없는섬처럼서서

어디로불지모르는
바람처럼산다

다가갈 수 없는 섬처럼 서서 어디로 불지 모르는 바람처럼 산다

누가 그랬니??
알아서 뭐 하게!

아프지 않아?
귀찮아 어서 자!

미안해!
살았잖아
그럼 된거야!

누가 그랬어? 알아서 뭐 하게! / 아프지 않아? 귀찮아 어서 가! / 미안해! 살았잖아 그럼 된거야!

동그라미가
많아질수록
꼬리는 올라간다

동그라미가 많아질수록 꼬리는 올라간다

동네인심이 좋다더니
나무도 마음써 좋구나

동네 인심이 좋다더니 나무도 마음씨 좋구나

아무도 모를
발걸음이
창밖으로
삐져나온
불빛 때문에

들킨다

좁다며
투정하지안코
자리에
만족하네
앞발로
모아잡고서
뒷발로
버티더라도

좁다며 투정하지 않고 자리에 만족하네 / 앞발로 모아잡고서 뒷발로 버티더라도

눈에
담긴
하늘은

아프지
않겠지

비 내리면
골목에
내가 아는
가장
애달픈 섬이
떠돈다

비 내리면 골목에 내가 아는 가장 애달픈 섬이 떠돈다

좀처럼
입꼬리가
올라가지
않는다

반짝이는게 다 금은 아니지만
금보다 반짝이는건 저 눈빛이다

나는
니가
거기
있었으면
좋겠다

버려진 하얀 배에 타고
비 오는 밤을
건너다
잠들다

버려진 하얀 배에 타고 비 오는 밤을 건너다 잠들다

너만
알고있어야돼

어디 한군데
고달프지 않는 곳이
없어라
귀를 보초세우고
뙤약볕에
녹는중이다

어디 한군데 고달프지 않은 곳이 없어라 / 귀를 보초 세우고 뙤약볕에 녹는 중이다

기다리는것도
일이에요
잠깐
누워있어요

괜찮죠

아니 왜?
내가 뭘?

그만 쫌!

퍼붓는 여름낮을
피해 가려면
차 밑도
괜찮다
두려운만큼 평온하고
위험한만큼
편안하니까

괜찮아?
괜찮지!
편해?
편하지!

땅바닥에
배 끌리는 줄 모르고
기다려
한 끼를 청한다

땅바닥에 배 끌리는 줄 모르고 기다려 한 끼를 청한다

눈빛은
천국인데
몸은
지옥이다

고인물에비친너는
무거운수레를끌고가누나

고인 물에 비친 너는 무거운 수레를 끌고 가누나

떠나라 하기엔 몹시 편해 보여도 있으라 하기엔 너무 불안하구나

이미 아무것도
안하고 있지만
더격렬하게
아무것도
안하고싶다

이미 아무것도 안 하고 있지만 더 격렬하게 아무것도 안 하고 싶다

뜨거워진
새벽공기가

아이들을 밀어올린다

뜨거워진 새벽 공기가 아이들을 밀어 올린다

발바닥에 물 묻으면 어떠리
낯선이가 있다한들 어떠리
목마름만 사라지면 되는거지

다리가
땅을떠나
하늘로오르고
졸였던맘도
함께
하늘로날리고
거꾸로보는
이도시는

살만할까

다리가 땅을 떠나 하늘로 오르고 / 졸였던 맘도 함께 하늘로 날리고 / 거꾸로 보는 이 도시는 살만할까

배 내주고
귀 잘려도
잠자리 하나
편하지지 않는다

믿지않는만큼
평안하고
의심하는만큼
편히산다
지금
눈빛과마음

잊지마

가로등이 지키는 저 골목을
너만큼
꽉채워줄
생명체가
이지구상에
또어디
있을까

날 버렸어도 나를 기억해주세요

3

가을

한 해의 네 철 가운데 셋째 철.
여름과 겨울의 사이이며,
달로는 9~11월,
절기節氣로는 입추부터 입동 전까지를 이른다

언제 끝날까 싶었던 여름은

서늘한 바람이 한 점이라도 불어오면 미련 없이 짐을 싸서 떠난다.

그때부터 가을의 시작이다.

해가 떠 있는 동안 따가운 가을볕이 좋기는 하지만 해가 떨어지면

차갑게 식어가는 골목에는 초조한 털북숭이 다리들이 종종걸음으로 돌아다닌다.

바람이 차가워질수록 나뭇잎들이 빨갛게 노랗게 질려서 땅으로 떨어진다.

새끼를 품은 엄마의 조바심은 하늘을 찌른다.

겨울에 휩쓸려 떠내려가지 않게 하려고 안간힘을 쓴다.

조금 더 조금 더 곁에서 아이들을 돌보지만

커가는 아이들의 눈빛은 막을 수는 없다.

겨울을 한 번쯤 건너왔던 성묘成猫는 가을을 즐긴다.

느긋하게 볕을 즐기고 낙엽을 즐기다가

어느 날 목으로 차오르는 털들을 보며 겨울이 머지않았음을 느낀다.

어쨌든 봄만큼 좋은 가을이지만

봄이 오르막이라면 가을은 내리막이다.

엄마는 배고픔보다
두려움이 크고
아이는 두려움보다
배고픔이 크다

엄마는 배고픔보다 두려움이 크고 / 아이는 두려움보다 배고픔이 크다

제발 가까이 오지 말라는
처절한 외침

그것이
새끼를 가진
어미의
하악질이다

이별이 가까울수록
눈을 뗄 수가 없고
애틋할수록
점점 엄마 모습은
낯설어진다

바람 타고 오는 비 소식에 아이는

아이는

엄마 따라

올라탄다

바람 타고 오는 비 소식에 아이는 엄마 따라 올라탄다

어린 엄마는

아이 앞을

몸으로

막아서는것밖에

모른다

어린 엄마는 아이 앞을 몸으로 막어서는 것 밖에 모른다

꼬질꼬질한 삶이라도
아이들은 반짝반짝하다

엄마는 비로소
때가 되어서
떠났지만
아이는 아직
때가 이르다며
기다린다
엄마와
아이들이 느끼는
때는
다르다

엄마는 비로소 때가 되어 서 떠났지만 / 아이는 아직 때가 이르다며 기다린다 / 엄마와 아이들이 느끼는 때는 다르다

엄마는 어디에 가고
둘만 남았니
바닥이 따뜻해진들
애미 품만 할까

엄마는 어디에 가고 둘만 남았니 / 바닥이 따뜻해진들 애미 품만 할까

엄마는

떠나고
둘만
남았다

가을볕에
한 밭을
맡기고
철조망에
엉덩이
내줘도
맘은
느긋하며
나른하다

가을볕에 한 밭을 맡기고 / 철조망에 엉덩이 내줘도 / 맘은 느긋하며 나른하다

가을이
싸늘한 바람으로
골목을 채우고 있다

가을이 싸늘한 바람으로 골목을 채우고 있다

가지런히
모은
작은
두발
내마음을
무겁게
조른다

가지런히 모은 작은 두 발 내 마음을 무겁게 조른다

아이가 골라잡은
얇기만한 종이배
바람에 들켜
희롱당하기
바쁘다

아이가 골라잡은 얇기만한 종이배 / 바람에 들켜 희롱당하기 바쁘다

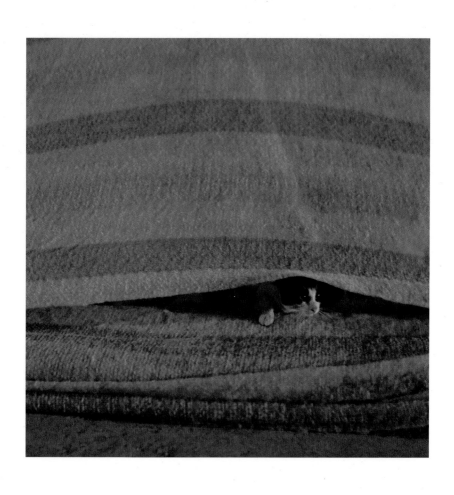

방금 지나온 길도 다시 살핀다

눈은 믿어도 길은 믿진 않는다

겁먹은 눈빛으로도
내게 내민
발끝에

난

무너져버렸다

겁먹은 눈빛으로도 내게 내민 발끝에 난 무너져버렸다

울지도마라
억지도마라
싸지도마라
뜨지도마라
마라마라에
눈치만본다

울지도 마라 먹지도 마라 / 싸지도 마라 띄지도 마라 / 마라 마라에 눈치만 본다

떨어진
가을에 갇혀
겨울로
끌려간다

떨어진 가을에 갇혀 겨울로 끌려간다

내 삶 속에 니가 있듯이

니 눈 속에 내가 있구나

내 삶 속에 니가 있듯이 / 니 눈 속에 내가 있구나

선택하지는 안했지만
피하지도 안하는 삶
마지막 인사 대신
눈빛만
내게 남겼다

선택하지는 않았지만 피하지도 않는 삶 / 마지막 인사 대신 눈빛만 내게 남겼다

난

언제부터
혼자였을까

불안에 목덜미 잡혀
주춤거릴 때
두려움에 두 귀는
누워버렸다

끌려가는 가을
치맛자락을
밟고 있구나
조금만
더 밟고 있어

가을이 서운치 않게

끌려가는 가을 치맛자락을 밟고 있구나 / 조금만 더 밟고 있어 가을이 서운치 않게

꽃이 내게 와

운다

4

겨울

한 해의 네 철 가운데 넷째 철.
가을과 봄 사이이며, 낮이 짧고 추운 계절이다.
달로는 12~2월,
절기節氣로는 입동부터 입춘 전까지를 이른다.

바람이 분다.

이제까지 한 번도 느껴본 적 없던 서릿발 같은 날선 겨울바람이다.

잔뜩 부풀어 오르는 털도 소용이 없다.

잔뜩 웅크리고 발만 살짝 내놓고 앉았지만

칼처럼 쑤시고 들어오는 바람을 막을 도리가 없다.

바람이 잔잔해진 하늘에서 하얀 가루가 떨어진다. 눈이다.

골목은 어느새 하얀 종이를 깔아놓은 것 같다.

눈을 발로 살포시 밟으면 눈 길 위에 하얀 도장이 찍히지만

차가운 기운에 온몸이 얼어붙는 것 같다.

추위를 피할 곳을 찾는데 문이 열린 곳이 보인다.

안에 들어가니 따뜻하지만 사람들이 살고 있는 곳이라서 불안한 마음이 든다.

불안하지만 따뜻하니 잠이 몰려온다. 눈을 감고 얼마나 지났을까.

바람도 눈도 없는 건물 안이 따뜻하지만 이제 배가 고프다.

다시 밖으로 나가서 밥을 구해야 한다.

다행이 문이 열려 있다면 괜찮지만 문이 닫혀 있다면 기다려야 한다.

문이 열릴 때까지. 추위와 눈 그리고 배고픔.

겨울은 어느 것 하나 쉽게 넘어갈 수 없는 큰 산과 같다.

무사히 겨울을 건널 수 있을까. 걱정이 눈처럼 쌓인다.

저절로
부푼 털도
생소하고
매섭고 모진
바람은 낯설고

엄마가 없는 지금이
서툴다

형제에게
겨울이 오고 있다

저절로 부푼 털도 생소하고 / 매섭고 모진 바람은 낯설고 / 엄마가 없는 지금이 서툴다 / 형제에게 겨울이 오고 있다

예쁘다는말보다는

이쁘다

겨울바람
맞서기위해
털이더나고
모진추위에
까딱없게
살을더쩌쥐도

겨울보다무서운
사람에겐
대책이없다

겨울바람 맞서기 위해서 털이 더 나고 / 모진 추위에 까딱없게 살을 더 쪄워도
겨울보다 무서운 사람에겐 대책이 없다

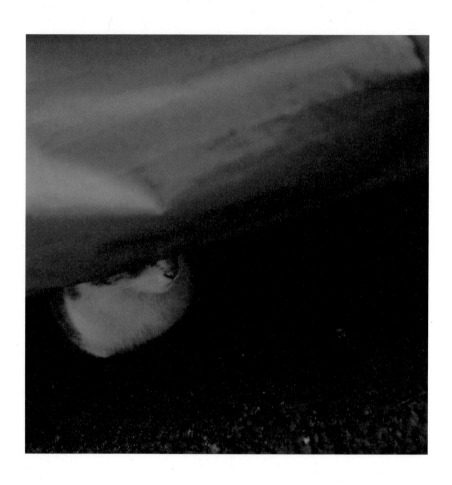

행여
멀어질까
혹시
모를까
숨어도
다닫들킬만큼
숨는다

행여 멀어질까 혹시 모를까 / 숨어도 딱 들킬만큼 숨는다

오늘은 벽에게 위안을 청하다

숨는 것이 아니라
단지 졸릴 뿐이다
가로등 방해해도
눈만 감으면
될테니

숨은 것이 아니라 단지 졸릴 뿐이다 / 가로등 방해해도 눈만 감으면 될테니

한발
뒤로
가면 혹시
못볼까
가로등빛에
꼬리를
내놓는다

한 발 뒤로 가면 혹시 못 볼까 / 가로등빛에 꼬리를 내놓는다

눈을 지그시 감고 서로에게 바란다

오늘의 무사함을
내일 다시 만남을

누군가 보고 있어도 먹어야 한다
도둑이 아니라 배가 고플 뿐이다

누군가 보고 있어도 먹어야 한다 / 도둑이 아니라 배가 고플 뿐이다

눈이 내리는 길에서
길을 잃다

무뚝뚝한 나뭇가지에
배를 주고
야박한 백열불빛을
걸불 삼아서

겨울 이 밤을
맨몸으로
건넌다

무뚝뚝한 나뭇가지에 배를 주고 / 야박한 백열불빛을 걸불 삼아서 / 겨울 이 밤을 맨몸으로 건넌다

길이 안 보여도
가면 길이고
삶이 묘연해도
견디면
삶이다

하늘이 슬쩍
하얀 도화지
펼치면
그들은
하얀 도장을
찍고다닌다

하늘이 슬쩍 하얀 도화지 펼치면 / 그들은 하얀 도장을 찍고 다닌다

군입하나
늘었다고
텃새는없다

귀반쪽
너주고터득한
사는방식

아무도 모르게
하얀 감옥에
막혀
오도가도
못한다

아무도 모르게 하얀 감옥에 막혀 오도가도 못한다

따뜻했던 기억을 더듬어
한숨 놓다

따뜻했던 기억을 더듬어 한숨 놓다

만나는곳에서
한발자국도
벗어날수없다
쌓이는눈도
매정한바람오
견디면
그뿐이다

만나는 곳에서 한 발자국도 벗어날 수 없다 / 쌓이는 눈도 매정한 바람도 견디면 그뿐이다

오죽하면
니가거기로
들어갔겠니

나오라고
문열어놓지도
못하겠다

둘이면
견딜수있어요

배고프면
여기서
먹으라고
엄마가
그랬는데

낯선기척에도 차마
발이
떨어지지
않는다

배고프면 여기서 먹으라고 엄마가 그랬는데 / 낯선 기척에도 차마 발이 떨어지지 않는다

눈은
차가워서
싫고
볕은
따뜻하니
좋고
눈치없이
잠은
오고

눈은 차가워서 싫고 / 볕은 따뜻하니 좋고 / 눈치없이 잠은 오고

기약없는 기다림에
슬며시 내민 고개를
가로등에게
들켜버렸다

기약없는 기다림에 슬며시 내민 고개를 가로등에게 들켜버렸다

긴 기다림에
서두르지만
굳은 다리는
더디기만하다

나 갈게까요?
　　　나갈 가요?
나 갈게요!

눈이 내려도 걱정
눈이 그쳐도 걱정
발을 핥아도 걱정

눈이 내려도 걱정 / 눈이 그쳐도 걱정 / 발을 핥아도 걱정

사과를 덜어내고
배려심을 채우니

의심을
털어내고
안방으로
삼았다

내가 건네는
호의에
기다림으로
응답하다

나와라 하기엔
길은 난폭하고

있어라 하기엔
무언가
서글프다

나와라 하기엔 길은 난폭하고 / 있어라 하기엔 뭔가 서글프다

사람을 막는다고
허기진 기다림이
사라질까

우연한 만남으로 시작된
호의를 기다리는 너
호의가 지속되어
권리인 줄 알았으면
좋겠다

우연한 만남으로 시작된 호의를 기다리는 너 / 호의가 지속되어 권리인 줄 알았으면 좋겠다

바람같이 걸어와
나무처럼 앉아
나를 본다

바람같이 걸어와 나무처럼 앉아 나를 본다

굶으면
남의 집 담장도
넘는데
바구니
뒤지는 것이
뭐
어떠냐

눈은눈이요
물이아니다
금세녹아도
물은아니다
고여있어도
절대아니다

발이시리고
털만젖을뿐

가지런히 모은 다리로 현실을 딛고 머리로 안부를 전한다

5

다시 봄

늦여름에 출산한 엄마는 아이 다섯을 모두 살렸다.

독립까지 미루면서 아이들과 함께 겨울을 건넜다.

진달래가 흐드러지게 피던 이른 봄에 엄마는 떠났고 다섯 아이들만 남았다.

노랑이와 치즈태비와 고등어와 카오스 그리고 삼색이.

엄마가 떠나고 바로 카오스와 치즈태비가 사라졌다.

남은 셋은 태어난 곳을 떠나 옆 골목으로 영역을 옮겼다.

작은 아파트 뒤편 인적이 드문 골목이다.

셋은 이곳에서 여름까지 함께 지내다가 둘은 가을을 못보고 사라졌다.

고등어는 출산을 하다가 뱃속 새끼들과 함께 별이 되었고.

노랑이는 교통사고를 당해 무지개다리를 건넜다.

삼색이 혼자 남았다.

입가에 큰 점이 있어 영화배우 마릴린 먼로에서 이름을 가져와 먼로라고 지었다.

이렇게 먼로는 태어난 지 1년 만에 혼자가 되었다.

그리고 나는 먼로와 일곱 번의 봄을 함께 맞이했다.

그러나 여덟 번째 봄은 함께 못한다.

지난 여름 갑자기 사라진 먼로를 몇 달 동안 찾아다녔지만 끝내 찾을 수 없었다.

길고양이와의 이별은 이렇게 예고 없이 찾아온다.

골목 어귀에서 기다렸다가 나를 보고 서두르지 않고

오토바이를 따라와서는 느긋하게 누워 지그시 바라보던 눈빛을 다시 볼 수 없다.

다시 봄은 오겠지만 고양이별로 먼 길 떠난 먼로는 다시 오지 않는다.

다섯번의겨울과
네번의봄을
견디면서
속을알수없을정도로
눈빛은
깊어졌다

꽃샘 바람에 봄이
서럽게 춤출 때
형제는
한 몸 되어
별으로 견딘다

꽃샘 바람에 봄이 서럽게 춤출 때 / 형제는 한 몸 되어 별으로 견딘다

니 눈빛이
내 마음에

가시처럼
박힌다

니 눈빛이 내 마음에 가시처럼 박힌다

사는게
다그런거라고
니눈빛이
말하고있구나

사는 게 다 그런 거라고 니 눈빛이 말하고 있구나

몸늘려
남은잠을
털어내고
몸털며
지난밤을
떨구겨낸다

몸 늘려 남은 잠을 털어내고 / 몸 털며 지난 밤을 떨궈낸다

어깨펴

괜찮아

니잘못은 아니야

아프다
괴롭다
배고프다
외롭다 힘들다
어떤표현도
못하는삶

기다리기만하네

아프다 괴롭다 배고프다 외롭다 힘들다 / 어떤 표현도 못하는 삶 기다리기만 하네

사람들이떠난자리
고양이의몫

태어나
쭉 살던것처럼
당연하다

나는
누구도
믿지
않는다

얼굴은 변했어도
기억은 그대로
인연 알아보고
얼굴 먼저
내민다

텉을 이불 삼아
바닥에 눕는다
사람들이
위아래로
오르락
내리락
귀로 오는
온갖 소음은
자장가
그렇게 하루가
흘러간다
꿈처럼

텉을 이불 삼아 바닥에 눕는다 / 사람들이 위아래로 오르락내리락
귀로 오는 온갖 소음은 자장가 / 그렇게 하루가 흘러간다 꿈처럼

살다보면
쓰러질 때도
있지만

오늘은
아니야

설마
그냥 가는 건

아니죠

어떻게 다 살렸을까 / 어떻게 다 살아갈까

시간을
견디고나니
이제는
땅에서
잡아당긴다
일분일초
끈질기게
단념하지도않고
끌어버린다

시간을 견디고 나니 이제는 땅에서 잡아당긴다 / 일분일초 끈질기게 단념하지도 않고 끌어버린다

하늘을우러러
한점부끄럼
있어도

잔다

꽃 속에서도 낮은 숨 편히
내쉴 수 없구나

산다는 것이
견딘다는 것이

그런거였구나

꽃 속에서도 낮은 숨 편히 내쉴 수 없구나 / 산다는 것이 견딘다는 것이 그런 거였구나

시작이 같았으니
끝도 같았으면

아주
오래오록

아이는
세상으로
조금씩
앞으로
나아간다

아이는 세상으로 조금씩 앞으로 나아간다

누군가의 품이 몹시 그리운 날이 있다

누군가의 품이 몹시 그리운 날이 있다

기다리기는 했지만
앞에서 있기는 싫은

배고픈 순서가 아닌
상처받은 순서입니다

기다리기는 했지만 앞에 서 있기는 싫은 / 배고픈 순서가 아닌 상처받은 순서입니다

폭죽처럼 피어 있는
꽃밑에서
다시
깊은 여행을
떠난다

폭죽처럼 피어 있는 꽃 밑에서 다시 깊은 여행을 떠난다

어쩌다
우리는
인연이
되었을까

사는거 그저그래
먹는거 대충 먹어
왜 사냐고

니가
알잖아

웃겨서
웃는건
아니야
웃다보니까
웃는거지

"사진만 찍고 구조는 안 하시나요?"

내가 블로그나 SNS에 올리는 사진 밑에 댓글로 따라붙는 말이다. 내가 찍은 사진 속에 있는 아이들이 위태로운 삶의 끝에 서 있는 것으로 보이니까 안타까운 마음으로 남기는 말이라는 것을 안다. 그래서 그때마다 최대한 자세하게 답변을 남겼다. 저 아이의 상태는 이러저러하고 내가 왜 이 사진을 올려놨는지까지. 한 번 두 번 그리고 열 번 스무 번. 끊임없이 나의 길고양이에 대한 마음을 털어놓고 진정성을 확인받아야 했다. 단지 관심을 끌기 위해 길고양이 사진을 올리고 있지 않다는 것을 밝혀야 했다. 물론 지금도 받고 있다. 또 앞으로도 설명을 게을리 하지 않을 것이다. 내가 선택한 길이니까.

모든 분들에게 일일이 찾아다니며 설명할 수 없으니 지면을 통해서 한 번 말씀드리고 싶다. 길고양이의 사진 찍기를 그만두고 구조를 해도 된다. 할 수 있다. 그럼 몇몇, 아니 수십의 아이들의 생명을 구할 수도 있을 것이다. 많은 분들이 그 일을 어렵고 힘들게 하고 있다는 것도 알고 있다. 하지만 그것만으로는 길고양이의 삶이 나아지지 않는다. 그래서 내가 선택한 길은 길고양이의 삶을 모르거나 관심이 없는 이들에게 사진으로 길고양이의 삶을 알리는 일이다. 그들의 삶이 어떻다는 것을 알려서 사람들 마음에 길고양이에 대한 측은지심을 불러일으킬 수 있다면 분명 그들의 삶은 나아질 것이라고 생각한다. 그리고 이 길은 나 혼자 가고 있는 것이 아니라고 생각한다. 함께 손잡아주시는 분들이 있어서 가능한 일이다. 고맙고 감사하다.

부족한 장남이며 사위지만 언제나 믿어주시는 아버지와 어머니 그리고 장모님께 감사드린다. 또 '아빠는 고양이 사진작가잖아요'라며 웃어주는 딸 나은이와 항상 곁에서 지지해주는 사랑하는 아내 한혜경에게 고마움을 전한다.

김하연

시커멓고 깊은 바다 속으로 잠수하듯 그렇게 써내려간 『하루를 견디면 선물처럼 밤이 온다』. 글씨를 쓰는 동안도, 책이 나온 뒤에도 울면서 심연 속을 걷는 느낌이었습니다. 길 위의 삶이 그저 안타깝고 슬프기만 했던 시간이었지요.

『어느새 너는 골목을 닮아간다』에는 조금 다른 마음을 담아보기로 했습니다. 낯설었던 제주가 글씨를 통해 내 안에 들어오고, 그 글씨를 통해 사람들과 소통할 수 있었던 것처럼, 글씨를 통해 골목을 닮아가는 고양이들과 세상을 소통시키고 싶었습니다. 글씨라는 도구를 통해 책 안의 글들을 가슴으로 안아들고 고양이뿐만 아니라 길 위의 모든 생명에게 온정을 나눌 수 있기를 간절히 바랍니다.

작업하는 동안 생사의 갈림길에서 힘들게 버텨준 내 첫 고양이 15살 미야꽁, 포기하지 않고 미야꽁의 손을 나 대신 꼭 잡아준 내 동생들에게 감사의 인사를 전합니다. 15년간 하나씩 하나씩 불어나 어느새 다섯 마리가 된 우리 집 고양이들을 열심히 건사하고 있는, 고양이집사 남편에게도 늘 감사합니다. 제 글씨를 제일 좋아하고 아껴주는 제주의 오월 가족들에게도 사랑과 감사의 인사를 전합니다.

김초은

:: Thanks to ::

김나연 이세영 안영숙 정희정 박경란 김나연 이승희 완묵 조혜승 선가현 생강 박진순 정정호 박찬호 시리 에디 수린이 강모 언플 애뽕 서연 햇살이 준성 꽁이 주상용 이상향 이상희 최진 이상향 정성경 우성미 유창완 레종레오 김은정 안다경 JayShin 고양이를위해 오즈니아 괴물딱지 강윤주 강성숙 서숭실 홍부연 박소림 정미라 김숙정 배미홍 부산동물학대방지연합 배유미 김구름 최현화 장세은 이지은 박지원 최윤영 관악동물병원 조미혜 조윤나 김혜숙 하묘 광화문에이스부동산 이세영 이재진 김서희 양승미 이유진 바다사랑 김윤정 김효은 이명신 제이퀸 박주희 이화정 오수진 백아영 정명숙 장미라 임효영 차성덕 이경 장영남 양미경 오경숙 김세경 김승희 김홍단 박송이 장보혜 전미라 이상철 송수진 김유리 강인숙 문다희 한재용 이유진 이예지 신지숙 김보경 박은지 이옥경 배나리 이선화 유령냥이 강유리나 김현혜 조민찬 이영주 문영애 이은숙 김미란 김진아 이진주 박미선 박성욱 윤설아 김혜민 임초연 이주화 현주 신경희 민자영 이청은 방한슬 이웅진 김채원 이성렬 양옥희 안은주 성은영 권현정 류현우 조금남 윤설아 최현희 이준석 정원철 심은정 주은경 남인자 김화실 박주희 김민지 김주영 고현주 정지민 오수진 오채희 토토명명 문서영 김남형 홍혜선 김점순 이가은 정지은 이유진 윤상구 박경옥 허옥영 최용은 한현진 임정옥 한경진 박자경 김진철 김선영 김지원 최지훈 박은해 주숭경 김정희 김규연 정혜경 전미연 정명숙 고현주 송은하 진진 오송희 김서희(오산) 김윤정 양승미 김윤숙 박찬식 안영란 김정희 황은진 주선미 강선미 김주양 박경미 김영훈 김윤정 권진우 전민회 안인경 이순혜 이주혜 백은경 임지아 오영선 정보란 손미애 고성준 이인숙 최은영 윤기정 하성희 이소영 윤혜은 김연수 최은정 이희정 김지영 서하린 윤소해 김보영 유혜는 한지영 허승범 윤윤선 유혜경 최성현 이정민 신광희 신동선 문무현 이미선 차현숙 이효진 이수진 김미성 박선희 이연실 최은 손영희 김진희 류지원 심명주 김유선 이연지 방서현 장종선 민별 안혈희 정세양 박혜경 김희정 강성숙 박지희 강윤주 이상아 홍부연 구연모 김현정 고은영 지인경 하성희 김소명 조은성 박찬솔 김재호 조여정 김리호 에리카 송주미차장 이진혁대표 서주연대표 이굴희 마리아 조덕희 이홍진 락있수다 이동글 봄이아빠 이신후 김신아 김태미 홍순두 유재찬 곽윤섭기자 손한서 김여옥 서유진 이지희기자 박수진기자 장현영 회색고양이 이은주 감자칩 전태진 이거산 김숙희 손순원 나는고양이 정민호피디 chogaea 지구에불시착한유이 오후두시 조연경 제비꽃다방 바람종카페 학아재갤러리 책공장더불어 꿈꾸는섬 한혜경 김나은 김준연 김인경 김정재 김정열 김충연 김남신 김초롬 김초이 김초하 박진홍 한윤경 박희진 박희찬 커피소년

글·사진 **김하연**

게임 월간지 기자 생활을 끝내고 결혼 혼수로 장만한 소니707로 2003년 겨울부터 사진을 찍기 시작했다. 최광호 작가가 주최하던 1019 사진상의 당선 상품인 전각을 받고 싶은 마음에 응모했다가 덜컥 상을 받는 바람에 첫 번째 개인전을 열었다. 여러 공모전에 응모했다가 2008년 매그넘코리아 사진공모전과 2009년 내셔널지오그래픽 국제사진공모전(국내 예선)에서 대상을 받은 이후에는 더 이상 공모전에는 응모하지 않았다. 첫 번째 개인전 이후에 길고양이를 찍는 작업을 본격적으로 시작했다. 2007년 〈고양이는고양이다〉 2009년 〈고양이는고양이다 : 두 번째 이야기〉 두 번의 전시를 열었으며 2014년에는 제주와 부산 그리고 서울에서 손글씨를 쓰는 김초은 작가와 〈화양연화〉라는 콜라보 전시를 함께 했다. 네이버에서 4년 연속 파워블로그에 선정되었다. 현재 한겨레신문지국에서 신문을 배달하면서 길고양이 '찍사' 겸 '집사'로 살고 있다.

손글씨 **김초은**

누구나 자기만의 꽃을 품고 태어나지만 싹이 텄는지, 꽃이 피었는지, 그 꽃이 어떤 모양과 향기를 갖췄는지 알지 못한 채 사라지는 것을 보면서 내 꽃씨는 어떤 꽃을 품고 있는지가 궁금해졌다. 그래서 꽃이 피어날 수 있는 환경을 찾아 떠나보기로 했다. 태어나 자라온 부산생활을 정리하고 서울에서 일본요리와 캘리그라피를 배우고 다시 제주로. 제주생활은 내게 또 다른 기회와 용기를 주었다. 그리고 애초에 예상하고 계획했던 꽃과 다른 꽃이 싹을 틔우기 시작했다. 인생의 꽃은, 그렇게 계획하고 재단한대로 되지 않는다는 것이 묘미가 아닌가. 그러니 더 크고 탐스러운 꽃을 바라기보다는 오늘 내 눈앞에 피어난 꽃을 가장 소중히 여기며 제주생활을 이어가고 있다.

고양이는 고양이다 2

어느새 너는 골목을 닮아간다

초판 1쇄 찍은날 2015년 12월 15일
초판 1쇄 펴낸날 2015년 12월 21일

글·사진 김하연
손글씨 김초은
펴낸이 이상규
편집인 김훈태
디자인 엄혜리
마케팅 김선곤

펴낸곳 이상미디어
등록번호 209-06-98501
등록일자 2008. 09. 30
주소 서울시 성북구 정릉동 667-1 4층
대표전화 02-913-8888
팩스 02-913-7711
e-mail leesangbooks@gmail.com

ISBN 979-11-5893-006-6 03810